歌集

母なる時間

柴田仁美

砂子屋書房

*目次

I

II

装本・倉本　修

歌集　母なる時間

I

風の街

またひとり子は出でゆきぬさわさわと白シャツ揺るる春の日差しに

気忙しき朝は男にあらばやと思ひつつしかとマスカラを塗る

歩く人の少なくなりてきし家内《やぬち》ほこりも隅にひつそりと在る

カレンダーの白く空けるは子供らが別の時間を生きゐる証し

てのひらより大きくなれるみどりがめ水槽の内よりずつと見てゐし

海鳴りのかつて聞こえし鳴海《なるみ》なれ海はさ遠く風ばかり吹く

山拓き道を通して街は生れ前へ前へと進みてきたり

姥子《うばこ》山亀《やまかめ》が洞《ほら》とふ字《あざ》の名を山川ありしよすがと思ふ

木々倒しショッピングモール建ちたれば夕焼けに鴉きらきらつどふ

月曜と木曜に鴉は戻り来る収集車より疾《はや》く巡りて

坂の街にのたうつ大蛇の腹見せて高速道路のびてゆきたり

幼稚園に通ふを拒む子を抱ける身重のわれに長き坂ありき

心病み子を殺《あや》めたる母ありと責むるに能ふわれと思ふや

思ふやうにならぬ吾子らを思ふとき目に入る睫毛ちくちくとする

あの頃は不良の聴けるビートルズを娘は聴けりクラシックとして

夕刊の「あすのあなた」をチェックして五十路をとめと笑はれてをり

壁越しに娘のハミング聴きながら眠りてゆかな胎児のやうに

アイドルは主なき部屋の壁に開く穴を隠して微笑んでをり

食卓に載する器のすくなくて小鉢たくさん並べてみたり

「そんなこと当たり前だ」と夫《つま》の言ふ口ぐせ聞きつつ茶碗を洗ふ

九時過ぎに女子の会より帰り来ぬまつくらな部屋の椅子の冷たさ

おほき岩の腕にあまるを抱へゆく夢を見るのは風邪のはじまり

露をため光を宿す蜘蛛の巣を仰ぎてをりぬ水木の下に

連翹の並木斉しく傾がせてただひと方に風の吹き過ぐ

生《あ》れてより初めてひとりになりし子はごつんごつんと暮らしてゐるや

刻まるる縁のざらつく十円玉《ギザジフ》はわれより長く時をめぐるや

時を経て味噌醬油とふ味はひを成す日のあらな酵母となりて

御居処

すんすんと鬱金香《チューリップ》のくき伸びてきて歌唄ふならソプラノならむ

ゆたやかに催花雨降りて降り止まず信号待ちのわれを濡らせり

化粧して見目形よきをとめらのプラットホームに連なれる脚

じやれあへるネコ科のいきもの煌煌《きらきら》し女子高生らが「尻《ケツ》」と言ひ合ふ

唇をすぼめて「御居処《おゐど》」と言ひしとふ父の母なる人をやさしむ

同じかたちどれ一つなき雲ながれ縄文人《びと》もわれも仰げり

ガンダム

谷折りの四隅をきつちり揃へつつふかく入れをり給与明細

電卓のテンキーに奔る指先の爪の半月小さくなりぬ

終ひまでぴたりと合ひし出納帳ベランダの水にさざ波のたつ

もがく蛾に蜘蛛なめらかに近付くを一人の我が目を凝らしゐる

木蓮の蕾はぎゆつと締まりたり保護者でありし四半世紀か

浴室に声をころして子は泣けりシャワーの水の肌に尖るを

不器用な三猿となりぬ飯を炊き布団を干してわれは日を遣る

春が来て主替《あるじ》はれる小《ち》さき部屋ガンダム去りてスヌーピー座す

主待つ亀も二十歳となりぬべし黙して水を入れ換へる子や

受け止むる器とならむたなごころ春のキャベツをざくざく刻む

彩ちゃん

ほどけゆく紡錘《つむ》の新芽は山茶花をさみどりにせり卯月の朝《あした》

働くお母さんを支援するボランティア「子育てサポート」に登録。

子育てのサポートするとふ役を得て春のひと日に彩《あや》ちゃん来る

母を追ひ泣きじやくつてゐる彩ちやんを胸に抱けば日向のにほひす

エプロンに彩ちやんの涙が丸く染むわが乳の奥の痛み懐かし

あやしてもあやしても彩ちやん泣きやまぬ他人様《よそさま》の子には開き直れず

母とともに掌ぎこちなく振りて覚えたてなる「バイバイ」してる

調律師

疾風に花びら散り敷く今朝の庭さくら並木はずいぶん遠い

インターホン越しに「竹内ピアノです」開ければ立ちぬ金髪の男《ひと》

床に置く年季の入つた革鞄やをらに指が黒鍵たたく

調律のをはりに彼は奏でたりベートーベンのソナタ「葬送」

みづからをミュージシャンとふ青年は父継ぐ心定めてゐるや

ゆくりなく交はるけれど着く先は必ず違ふあみだくじのごと

評判のよろしくなきが多かりし世襲といふも折々によし

素数

手首よぎる風のぬくとし手洗ひを重ねて袖の丈の縮むや

ライオンの名をもつ花が群れを成しなだりに黄色いたてがみ揺るる

遮断機の揺れのやむ頃ごとごとと赤き電車ゆくたんぽぽの原

プレートの数字の並びを見てをれば５５１９遮断機あがる

やすやすと割り切れなんぞするものか素数といふは父のごとしも

真つ直ぐな黒髪ひとすぢ化粧台にのこして娘は社会人となる

坂道を立ち漕ぎしてゆく光る脚ライオンたちがあふぎ見てゐる

たまゆら

二〇一二年五月二一日金環日蝕。

皆々の願ひ聞き入れひさかたの蝕はじまりて雲をはらひぬ

源平もをののきたらむ金環《きんかん》蝕を生きて見てゐるわれのたまゆら

アドレナリンが身体を巡る束の間に忘れてをりし頸の痛みか

けさ起きて蝕なき空の真青さよ白き靴下ゆつくりと履く

小松菜の根元おとせる切り口の薔薇に見えしが今日のよろこび

やさしい

視覚障碍者らに録音図書を制作する「音訳ボランティア」。

長らくをお休みしてゐたボランティア春の服着て再登録す

今日逢へる人の訛りに覚えあり彼の人の名は忘れたりしが

読まずとも本屋に行つて本を開き匂ひをかぐのが好きと言ひにき

こゑに出す性愛小説だんだんとちひさくなりぬ息つぎまでも

おそらくは一生《ひとよ》口には出さざらむ言葉を録《と》りぬしづかなる午後

エレベーターのガラスに映るほうれい線八階までを向き合つてをり

午さがりの量販店のマッサージチェアで男らひととき過ごす

「やさしい」の溢るる街をミュールらが傘を振り振り闊歩してゆく

外づら

諍ひにもの言はぬ日は五日過ぎ弁当包みを卓につと載す

畳み方がわれとは違ふそんなことに心は尖るぴしりぴしりと

マスカラを塗らむとじつと目を見れば紡錘形の父の目の見ゆ

キャンパスをゆるゆる行けば向かうから外づらのよき娘の笑顔

うなじ晒し日に焼けて歩く娘らのすぐ戻る肌の白さ羨しむ

夜半に入りひとり切りたる前髪を「こけしみたい」と娘の笑ふ

擦り寄れる娘の頬をつねりしが水気の多き餅のごとしも

悪いところだけぢやないのに悪い性《さが》ばかり似てくるみづみづと梨

伏線が張り巡らさるる人生のこれはあの線あれはこの線

人住まねばなにとなく荒む一軒家ベランダから白き蓮の花見ゆ

本屋

「オナチュー」とは同じ中学なる意味か話の中に既にわれゐる

クレーンの天辺を仰ぐ幼子の口の奥までバスより見ゆる

解体とはかういふことか好きだつた本屋瓦礫となりぬ道の辺

壁も書架もショベルカーもてぶち壊し忽ちガソリンスタンドとなる

ガソリンを入れて立ちゐるこの辺り司馬遼太郎が並べられゐき

「婚活」は広辞苑にも載りたるやボーヴォワールを知る人少なし

おほかたは裏目に出でし六月尽シミとれぬままブラウス返る

通底音

梅雨空が半分残る街中へわが行く先に入道雲たつ

二〇一二年七月ロンドンオリンピック。

マイナーな競技と言はれしテコンドー乙女の笑顔つゆ揺るぎなし

目頭の簡単に熱くなるこの頃のわたしの涙に値打ちはないが

まん中に揚がる日の丸愛でる人も卒業式には異論あるやも

明朝《あした》咲く木槿はくるりと巻きあがり白に匿せり紅のかんばせ

庭史《にはふみ》の老いが言ひたり花咲くに樹には力の要るといふこと

水撒きのみづをかければ蟬は飛ぶ入道雲に突きささらむか

橋脚に切り取られたる夏空が切り取られながらさらに輝く

高台の跨道橋から伊勢湾を遥かに見れば光る巨橋《トリトン》

道路から通底音の響かひてじんじん揺さぶるわが足裏を

気温五度下げて夕立あがりたり赤ん坊の声遠く聞こゆる

鎹山部屋

掛け時計のデジタル表示が日付なり七月十日の蟬かしましき

家いへの屋根の狭間の一瞬を奔る車は飛礫のごとし

十年は瞬きのうちハインラインの『夏への扉』夏くれば読む

赤福の茶店にならぶ一時間はじめて赤福氷を食みぬ

声高に話す暑さのおとがひに赤福氷がきんときりこむ

名古屋場所を南洋場所と呼び慣ひわが町に来る錣山《しころやま》部屋

この道は一年ぶりか白熊のやうな犬まだ繋がれてをり

幼さの残る小顔のお相撲さんきゆつと浴衣の帯を結べり

櫓

梁ささへ櫓を組める男らの上腕二頭筋もり上がりたり

麦わらを被り直して提灯を吊せば温し冷却マフラー

なかなかに暮れぬ夏の陽ぽつねんと櫓立ちゐて踊り手を待つ

提灯に映えて流るる「郡上節」おすまし顔した運動場に

ゴム草履にキャンディみたいな爪を載せ浴衣見せ合ふ女の子たち

ごみ拾ひしながら歩む警備のひと目の合ひたれば照れ笑ひする

雨の内側

尖りたつ水銀《みづがね》色のビル街の思はぬ方《かた》より土のにほひす

カンカンと手摺に雨の粒だちて零れ落ちくる外階段に

うねるやうに時々つよく敲《たた》きたるラフマニノフの二番的雨

あたたかき雨に濡れてる制服がゆるりゆるりと自転車を漕ぐ

日の差してまだ降り止まぬ交差点照りながら降る雨の内側

スリットのふはりと揺れてひかがみが光る歩道を撥ね返しゐる

長袖とノースリーブが混じり合ひ擦れ違ひゆくスクランブルに

雨音が波音となりて残れるや海恋ひやまぬ貝の耳には

藍色を切り裂くやうな三日月が鉄塔のある街を照らしぬ

踏む

口内の鮫歯のごときぎざぎざを銀歯のおくに長く隠せり

小雀は頭《づ》よりおほきな蟬啞へ電線にとまる啼かせながらに

地下街の通路にあまた描かるる花は踏み絵かみな踏みてゆく

道なかに坐り込んでゐる若者を踏みつけてゆくドッペルゲンガー

磨かれた黒きヒールはすくと立ち禁煙マークを容赦なく踏む

夕空にぶわつと黒き花火咲く何に怯ゆる椋鳥の群れ

有松

主なる神谷半次郎も開けたるや絞り問屋の格子戸を引く

そろそろと歩む三和土の薄暗し奥におほぢの坐したるやうな

名古屋弁をまとふ市長のクールビズ藍に咲《ひら》けり巻き上げ絞りは

有松のコンビニ、交番モルタルのなまこ壁もて町に馴染めり

町並みを保存する町に砂が舞ふくくり職人みな媼なる

格子戸の蔵に商ふ「ダーシェンカ」堅焼きパンを購ひに来し

自らの毒にみづから蝕まれセイタカアワダチ滅びゆくとふ

戦にも焼かれず在りきこの町の雲の真下を子ら駆けてゆく

避難勧告

昨日見し仰向く蟬の見当たらず夕蟬の声満つるこの世に

ゲリラなる豪雨が夏をひき連れて今朝はじめての秋茜見つ

大雨の過ぎたる街の空を飛び夏を探すや迷ひかもめは

ゆうるりと日の入りの後《のち》を拡がれり空いつぱいに雲の魚拓が

蟋蟀のるるる鳴く音に統べられて夏のだみ声とほくなりゆく

大鍋にうどんの束を放ちたればゆらゆら踊るうどんもわれも

エアコンに身体が浮腫んでゐたやうだ長い長い夏打ち上げられて

ボタン式の信号黄から赤になり舌打ちをするわれの淋しさ

四十五の世帯に八十人住まふ村への避難勧告を聞く

コンビニ

賞味期限二日過ぎたる牛乳のつめたき白をわれは飲み干す

お隣りに建つたばかりのコンビニのレシート狭庭に花散るごとし

初めてのお使ひにゆく子のやうに小銭を握りわれも向かへり

自動ドアを入ればば怒声に出くはせり背《そびら》のドアは既に閉ざさる

声あげて翁はレジの人を指すその指こまかく震へてをりぬ

だしぬけに「ひょっこりひょうたん島」が鳴り思ひもかけぬ媼出でゆく

零　戦

語り手の「零戦《ゼロ》は空母を攻撃し……」夫《つま》のこめかみぴくりと動く

正しくは零式《れい》艦上戦闘機と言ふらし　われはどちらでもよし

艦隊の空母を見ればたちどころにその名を言へり少年の目に

蘊蓄を傾けやまぬ零戦かあなたは戦後生まれといふに

家中の電気をすべて点くるまま夫はいづこへ出かけたりしや

諍へば必ず調子の悪くなる夫の胃腸はこのごろよろし

ぬぎ捨てた靴下それほど気にならず金銀ならぬ真珠婚なる

あたたかい紅茶淹れむと夫の言ひお願ひしますと応へたる夢

ＬＥＤ

音もなくほわりと明るくなるときのＬＥＤのたのしき間合ひ

思ひ出を誰に語らむちかちかと瞬きて後ぱつと灯は点く

蛍光灯の取り替へ愉し一人だけが脚立の上の英雄なりき

了はりたる白熱電球生産のしづかな式典思ひ出さむか

いづれゆく世の習ひなれ南吉の「おぢいさんのランプ」に過ぐる夕刻

騒めきはトルコ桔梗の色に暮れ金星《ヴィーナス》ひとり人の世を見つ

歳ごとに短くなるや秋の夜の和栗のごはんをゆたやかに食む

雨音の聞こえをりしがバスタブにこほろぎを聞く雨やみぬらし

金木犀

朝ならぬかをり辺りにたちこむる金木犀は大人のをんな

花びらを内からひらき細き蘂みせてにほへり金木犀は

まつたりと香りは低く溜まれるや一段高き木犀の垣

お隣の垣根に近きこの窓をこの季節のみ開け放ちたり

夜もすがら金木犀は花ひらき香り続くるかをりの重さ

端末

できかけの高速道路はなかぞらにブロントサウルスのあばらを晒す

連なりてフェラーリとポルシェ走り過ぎ目に追ひてゆく冬晴れの朝

列ながく伸びて人らは眠たげにＡＴＭから連休は明く

公園に思ひ思ひに坐りたる子ら俯きて端末となる

ベランダの蜂のなきがらの触覚の影ながくのび時々ふるふ

たつた今そらを見上げた人とのみ飛行機雲をわれは分け合ふ

束の間の光のしづくを撒きちらし離りゆきたる竜の恋ほしも

半月板

底冷えの朝を下りたる階段にじんじんと泣く左の膝が

紅葉の盛りを待たずばつさりとポプラ苅られて真すぐに立ちぬ

シュートするその瞬間の無防備を押したる人の手を憶えをり

半分に欠くる昼月どのあたりを損なひたるや半月板は

くたびれたシューズの紐をほどきたり日焼けもせずに夏は終はりき

高射砲

屋上に高射砲基地ありしとふ母校の屋根はしろくしづもる

まひるまの砂漠のやうな屋上に煙草の吸ひ殻いつも落ちてた

両開きの窓ぎいぎいと抗ひぬ春日井建も開けただらうか

遠き昔のことにやあらず白髪の先生の見たる昏き校舎は

土鍋

新婚のころに使ひし8号の土鍋にふたたび出番来たりぬ

われしらず切りすぎてしまふ白菜の溢れかへりし小ぶりの土鍋

ままごとのやうな恋愛してゐるか息子の下宿に箸二膳揃ふ

振り向きてカルテとりたる歯科医《せんせい》の腋臭にほへり何故か懐かし

伝へたきことのそれぞれありぬべしおせちは姑が拵へしもの

左腕の挙がらずなりぬ正月に溜まりしものか寒に入りたり

睫　毛

眩しさに「るるぶ」をかざす海峡のこちらがヨーロッパ向かうはアジア

絶景を見る素振りなく釣り糸を垂るる男の睫毛の長し

カラフルなヒジャブに髪を覆ひつつくきやかな睫毛まちを闊歩す

始発駅の意外に小さしエルキュール・ポワロ乗り込む汽車の幻影

バザールに落とししわれの手袋はえんじ色なる存在証明

霜やけ

お化粧の合間に家事をこなす朝どこまで塗ったか分からなくなる

冬の朝ふかふかソックス履くときに唇いつも尖らせる娘は

夢見がちな少女が試行錯誤するバレンタインのトリュフつやめく

手袋から薬指だけ抜けなづみ母譲りなる霜やけ止まぬ

牛乳を注ぎ足してまた注ぎ足してカスピ海ヨーグルト十年を生く

五年日記を読み返すれば昨年もわが家の夕食おでんでありき

脳内麻薬《エンドルフィン》を出しつつ書いた日記には来し方詰まる煉餡《ねりあん》のごと

いつのまに酒酌み交はす歳となり背の高くなる吾子三人《みたり》とも

詰め込みて五人の乗れる小型車の運転手なりきわが役回り

抱っこ布

ボランティアとして「子育て広場」で母親たちの話し相手になる。

矢継ぎ早に問ひかけてくる母親のミニスカートからほそき腿見ゆ

目の下に隈のしるけし抱っこ布《スリング》には赤子くちあけぐっすり眠る

「そうなんだね」「大変だね」と相づちを打ちつづけゐるボランティアわれ

幼子はたちまち大きくなるんだよ過ぎてしまってやうやくに知る

常夜灯

鳴海宿の西と東の常夜灯　東は高架のかたはらに建つ

広重も休みたるかや川の傍に影をおとせる宿場灯籠

川に沿ふ東海道はカーブして譲り合ひながら車が通る

選挙カーは「地元有松《ありまつ》の皆様」と叫ぶがここは有松ぢやない

のびすぎた爪切りし後《のち》の指拡げテーブルに生るるひとりの時間

くらやみを横切る猫の目がひかる皆既月食みえなかつた夜

夜半《よは》すぎて鴉の啼けりわが脳《なづき》の内か外にかどちらに啼くや

壁をたたく雨を聞きつつ寝返れば久方ぶりに母の夢見つ

雪

タレントのつまらぬ話に笑ひゐしその頃止みぬ母の鼓動は

タクシーの窓のしづくは斜に流れ雪の深夜は何も見えない

病院へ着きたくないのか分からない車のシートに凭れずにゆく

たひらかに母の死を告ぐる父の背や誰を憎んでいいか分からぬ

組み合はす母の指から抜かぬまま指輪は母と共にゆきたり

斎場の廊下にたたずむ長男は単語帳繰る十五歳《じふご》の春に

和　皿

二十二年飼ひきし亀を山茶花の根元に埋めて駅に向かふ息子《こ》

共有《もやいこ》の藍の格子のストールも持ちゆきにけり嫁ぐ娘は

食卓に秋刀魚の腸《わた》とるふたりなり染めの和皿にかぶさるやうに

もの言はぬふたりの上のＬＥＤ灯りつづくるや何百年も

咳止めのおくすりであるコデインの副作用とふ眠りのやさし

如月の庭に見知らぬ猫が寝る温き居場所をおまへも知るや

植ゑし憶えとんとなけれど弥生朔日スノードロップ一輪垂るる

お彼岸にみたらし団子の似合ひたりすこし固きを母は好みき

II

郵便局

人波が傍らを過ぎる街路樹に巻きつけられた縞のマフラー

「五十枚の年賀状の予約どうします」父をよく知る郵便局の女性《ひと》

大きなるくさめ懐かししはぶきを苦しんでゐる眉間の皺が

メトロを駆け砂漠を歩みヒマラヤに登りしをとこ「黄門」眺む

動かぬ手の傍にリモコン置けと言ふ頑固おやぢは健在なりき

十年をひとりに生くる父なればベルト通しの懐中電灯

父の背はよいしょよいしょと転がされシーツの上を右へ左へ

リハビリの渡辺さんを待ちわびる父には父の日常があり

現住所全く言へぬ父なれど「うちへ帰る」と駄々をこねたり

父が吾《あ》を「志津子さん」と呼ぶかすれ声　志津子はわたしのお母さんだよ

父なくて住む者のなき田舎家のシンクにスポンジ干からびてゐる

リフォーム

寒の夜に娘と分くる今川焼き餡子ほほ張れば芯まで温し

今日限りと知らずいつもの弁当に昨夜《きぞ》の肉ジャガ温め直せり

この鏡も今日のあひだに壊されむ歯を磨きつつカラン拭ひぬ

をりをりに切り損ひて薄くなる大根のやうに透くる昼月

リフォームを了へてなだらかなスロープを上ることなく父旅立てり

ありとある国のスタンプ押されたるパスポートの写真遺影となりぬ

戻り来て薄茶のカーテン開けぬれば庭のアイリス咲き揃ひたり

早送り

つるの紅き老眼鏡を購ひて折り目正しき数字と過ごす

老眼鏡をシニアグラスと呼びかへて舌にころがす飴玉ひとつ

重力より逃れられぬを知りゐたるあの実験の零れない水

通り道にぽつかり空き地ひらけをり明る過ぎるから思ひ出せない

耳につき離れなくなりぬモーツァルトのソナタイ短調おなじ部分を

いいことも悪いこともある春先に録り溜めた映画早送りする

三月の雪

「子育てサポート」の依頼で幼い子を保育園まで送迎する。

駆け寄りて「ちばたちゃん」とぞわれを呼ぶ幼児《をさな》に母無し雪が降り初む

施設から保育園へとあゆむ間を温き手のわれをぎゆうつと握る

幼子は父のことのみ喋りたり霙となりぬ三月の雪

二〇一一年三月。

買ひ占めの列に挿まれ並びたりわれはしんじつ米なくて来し

抱へきれずどんどん落つる雪ならば一億人も雪に埋もれむ

夜に入りて明るさつのる春の灯が隅々までも一気にてらす

駅裏

祖母《おほはは》の花屋のありき駅裏は中村遊郭ほど近きまち

くれなゐに人の吐息の染めたるかべんがら塗りの透かし塀をや

遊里への「だいもん」なれど伯父伯母は「おほもん」と呼ぶ大門のこと

伯父さんの怖い話はひとさらひここから先へ行ってはならぬ

ちんまりと角《かど》に映画館は建つ名前負けなる「ゴールド劇場」

松岡《まつおか》旅館は重要建築物なればデイサービスとなりて生きぬく

満月

節電の夏のならひか雛壇にネクタイの無きスーツの人ら

主催者と来賓の声ゆらゆらと貰ひ欠伸の午後をたゆたふ

効き過ぎの冷気は椅子にひろごりてくれなゐの爪の足はあをざむ

さつきまで忘れてをりし右喉の小さき痼《しこ》りにのど飴の欲し

会果てて扉出づればいきなりの名古屋の熱波あたまを灼けり

夏至祭りを祝ふは北欧ばかりにてまだ傾かぬ六月の陽は

居酒屋の裏を通ればおぢさんが蓋付きバケツを踏みつけてをり

名古屋で最も賑わう繁華街は錦通り三丁目。

ビル壁に魔物すばやく昇りゆく錦三丁目《きんさん》を行くテールランプが

暗幕に穴を開くるかおそろしき満月を見つビルの狭間に

恐れ

トレーラーに二台のポルシェ載せられて紺碧眩しき秋の道ゆく

紺碧はどこまでいつても紺碧で少女の衿のやうに清潔

ベランダに番ひの雀とまりきて恐れ知らずや胸毛そよがす

テーブルに新聞小説読みをればひとすぢの髪ゆつくり落ちる

「まさかの坂」ほんたうにあり嬰児《みどりご》を野分けの荒ぶ日より預かる

不規則跳弾《イレギュラーバウンド》ひろふやあたふたとけふの朝餉は立ちて食みをり

母でなきわれに抱かれこれの児やごくごくごくとミルクを飲みぬ

みどり児は大きげつぷをひとつ吐きわが左肩そろそろきしむ

還暦の夫の歌ふ子守歌「オー・ソレ・ミオ」は小節《こぶし》を効かす

明けやらぬ部屋にミルクを計りつつ真綿にからめとらるる脳髄

布団からとび出してゐるみどり児の朝方に浮かぶ手のつめたさや

螺旋階段

「産後鬱」と検索すれば溢れだす四十万余の母のため息

書けもせぬ「鬱」を書かむとするならば一画づつに風も吹かない

産後鬱と名付けらるれば安らぐや赤子はてのひら開いては閉づ

あれば苦しなければ哀し子や孫のミトコンドリアは母から授かる

遺伝子に組み込まれたる情報はたかくのびゆく螺旋階段

おのづから眉の辺りにあらはれむＤＮＡは呪文のごとし

女なる性《さが》を担へばあらがひの連続にしてたちまちに老ゆ

もりもりと表面張力の足裏《あうら》見せ赤児はちからいつぱい眠る

赤児との百五十日の蜜月に山茶花散り果つあたたかき朝

初めての寝返りをして笑まふ児の爪の形も知り尽くしてる

陽がのびてわが腕《かひな》より児は去りぬ負けて清しき後出しじやんけん

いま頃はきつとお昼寝してるだらうお彼岸すぎの空はあかるい

疵

平穏に馴染むうなじのやはらかさ音量上げて街宣車ゆく

赤子泣くこゑに醒めたる独り寝や母なる業《ごふ》に風のすさびぬ

気休めの話ばかりして握りしめたチョコのごとくに角《かど》はとろける

言ひたきを言はず目を遣る食卓に疵見つけたることのさびしさ

ままならぬこと多ければ小指まで薄紅マニキュア丁寧に塗る

右手小指の第一関節ふくらみぬへパーデン結節つづむれば老い

図書館のＬＥＤは隅々まで照らすかに見えて昏しこの棚

見ゆるかぎり信号すべて青になる何もない日の夕暮れの坂

みづからを落とし尽くして安らぐや西の彼方に雲透けてゐる

こまかなる砂の小粒は風に乗り帰りてゆかむ波打ち際まで

弟

お気に入りのセーターの肘ほころびぬ一雨ごとに秋がふかまる

あかときを腓返りに目覚めたり墜ちてゆく夢見なくなりしに

弟が窓のわきまでふっとんだ父の怒りの訳は忘れし

木の蓋を湯船にしづめて騒ぎたり叱られたのはたぶん弟

かき鳴らすギターは薄き壁を越え受験生なるわれを悩ます

ＣＤを知らずゆきにし弟のカセット並ぶちちははの家

この夜半の止まざる雨に耳は立つ取りかへしの付かぬ思ひ出ひとつ

左利き

立つことは自然に逆らふことならむ安らかなるものみな横たはる

これの世に父を知る人また減りぬ然《そ》うだつたねえと語らふことも

幾度も保証人になるなと言ひたりきかの父に修羅の夜のありしか

三人子《みたりご》の末の娘は左利き気むづかしさも遺伝してゐる

煙などまつたくあがらず高性能の八事《やごと》の丘の野辺の送りは

陽のなかに小石しづもる更地なり今宵わたしを撃つ石ならむ

わが裡に更地にならぬことのあり進まぬページに栞を挟む

「ゐ」

小学校の授業で「お正月遊び」のボランティアをする。

ランドセルを右に左に揺らす子ら声をひびかす冬晴れの道

手を繋ぎ長き廊下を歩みつつキラキラネームは覚えられない

「カルタの先生しばたさん」の札をさげ体育館の底冷えに立つ

いろはカルタの「い」と「ゐ」の違ひ教ふるに疑問符はしる子らの額に

白き息吐きながらカルタへのめり込み子どもらは皆ジャンパーを脱ぐ

お手つきをしたとみづから手を挙ぐる口もと締まるこの一年生

レジュメ

鉄柱の上を流るる雲の底を飽かず眺むる会議中われは

耳のみはひらいてゐるとうそぶけど誠ならずや鼓膜はゆるむ

窓を向き坐れば穹《そら》を見てしまふ背《そびら》に負へば穹に見らるる

なにとなくレジュメの端を裏返すその裏側に出口みゆるか

落とし所見つからぬまま倦みゆけば座長の眉間に象のごとき皺

女々しいは男のためにある言葉「ごめんなさい」を君よ疾く言へ

ガラス張りの喫煙室の人々の身ぬちの奥のもろもろも透く

てのひら

どれ程の寒さを凌いできたためらう深く剪られた公孫樹の葉芽は

生るるより百五十日育みし嬰児《みどりご》ずしりと幼児《をさなご》になり

幼児は床にぺたりと遊ぶなり津波警報のざわつくテロップ

母恋ふやそれともただの寝ぐずりかわが懐に手を差し入るる

地団駄を踏んで泣き継ぐ幼児よ地頭のゐたりし時代を思ふ

横向きに眠るをさなの目頭に溜まる涙や吹き抜くる風

我よりも地に近き児が飛ぶ鳥を我より早く見つけ指さす

わが頭の遥か彼方に目をこらし飛びたつときを計れるや児は

幼児が高く差し出すてのひらをわれに開けばただ抱き上ぐる

猛る陽のさなか空までブランコを押して五月の真夏日にゐる

猫除けのブルーシートをすつぽりと掛けられたまま眠る砂場よ

ベビーカー

処暑すぎに遠出をせむかベビーカーと傾く夕陽を帽子に受けて

坂多き町と今さら思ひ出づだんだん重くなるベビーカー

空に挿すメタセコイヤの影ながし坂の半ばに風わたりくる

ベビーカーに犬乗せて押す老い人も共に歩めり陽はまだ落ちぬ

坂の上の広場に立ちて幼児は遥けく光る高速《かうそく》道路を指す

帰り道に「切符がない」と泣き出しぬブランコに乗れた木の葉のきつぷ

お前

まだ熱のこもる街角を振り向かず帰るほかなし冷ゆる爪先

どこで何を踏み違へしやこの足は実の息子に「お前」と呼ばれ

どれ程が息子《こ》の深奥に溜まりしや「お前」の礫がわれを打つまで

あの電柱あの角までと走る人そがひの闇を引き連れながら

躊躇《ためらひ》なく安直《あんちょこ》を写し許された子供のごとく明日を知りたし

彼岸過ぎの真夏日なるも山茶花のつぼみは季《とき》の巡りに沿へり

わたくしは捨て石ならむ捨て石の意味は父より教へられたり

蜜蠟色の碁盤に向かふ父の背は西日のなかに影をつくりき

ふうはりとレースのカーテン床を掃きこんな所にガラガラが鳴る

泣き止まぬ時に持たせたキーホルダー鳴らないやうにぎゆうつと握る

ゴムが伸びすぐ脱げる小《ち》さき靴下もまだ入れてない「捨てるものリスト」

糸の芯まで乾かずにこのタオル濡れてふたたび臭ひのたちぬ

咳

くれなゐの籠盛りの柿つかまむとすればずぶりと指の入りぬ

一難の去りて出でたる熱高しスーパームーンも雲間に隠る

ロキソニンの効き目あらずや耳奥にどつどつどつと血の音のする

ふつふつと気道に落ちて種を蒔き紫色のベラドンナ咲く

雨雲が地を這ひながら圧し掛かる耕返りのをさまらぬ夜

騒音の止めば耳鳴り聞こえくるいづれにしても大風の夜

大風は不夜城ならむローソンの2トントラックの軋みも運ぶ

耳鳴りのなほ治まらず鳴る耳を枕に伏せて脳《なづき》なぐさむ

気管支を裏返すやうな咳つづく明け方の夢はまさゆめなるや

起き抜けてぬるめの白湯を呑みほしぬ和解は遠し夜通しの咳

宅配便

雨よりもなほ高きより粉雪はリベルタンゴの音色ともなふ

みづからの重みを増すや昼ちかく目に追ふリズムに雪は落ちくる

路上の雪わだちの跡より融け始む然うして消ゆる雪の音色は

なほ暗き雲の下りきて睥睨しツインタワーの切つ先見えず

蜜柑箱を掲げふくらむ三頭筋「遅くなりました」と男《ひと》は謝る

顔見知りの宅配便の男なれどこの男の名を知らなかりしよ

雪あかりの庭にさやかな影つくり今宵の月は宙にとどまる

くさめして眼つむればマスカラは目蓋を汚す　春が来るのだ

乳

恵方巻きを切つて顰蹙きはまりなき立春とほくお彼岸となる

児を産むや娘は畳を占領す母となりても娘であると

この赤児のやはきお腹に二百万卵《らん》のあるとふ会ひたしその児ら

海からの風吹き抜くるベランダは久方ぶりの満艦飾に

五合炊きの釜の縁まで飯ひかり炊飯器まで腹くちくなる

春の陽やましろに娘の乳張れり障子透かしてデジャビュ見てゐる

今はもう遠くなりたるわが母もわれも現し身みな乳なりき

反り腰

窓脇のくろがねもちの丈のびて夜明け前から蟬さんざめく

真つ直ぐに茂りたちたるくろがねもち常に正論述べ来しわれか

詩心の乏しきこの身の置きどころ三十一《みそひと》文字数へて朝の水撒く

「赤いスイートピー」甘く切なく歌ひきる松田聖子は強靱に生く

甘いこゑもはや出ぬ身は反り腰に「川の流れのやうに」を歌ふ

おぼろなる西空の縁《へり》がくろくなりひやりと雨の匂ひのするも

梅雨明けすら曖昧ならむ列島のむかしをとめに大雨が降る

決め難きことをひとりで決めてゆくそれがいのちぞ窓を打つ雨

写真

此処をかう此処をかうして箸を持つ息子《こ》に教へしは蟬の鳴く頃

渦なして排水口に水は落つそれぞれ暮らす三人《みたり》の子らは

瞼を灼く晩夏のひかりこの夏の充たされざりし望みはあまた

薄墨に熨斗《のし》のおもてをしたためぬひんやり沈む止めのにじみは

音たかくうなじ打つ雨を待ちをれど後れ毛のやうな雨の降りつぐ

捨てる写真残す写真を選り分けて手に留まるは母のほほゑみ

留守番を母にたのみし夏のよひ鍋つややかに磨かれてをり

おばあちゃんの子供の頃に恐竜がゐたかと尋ねし子も母になる

父母の写真を捨つる不孝者捨てがたかれど誰が捨つるや

姉妹《きやうだい》も父母もなし日々《にちにち》をひらがなのやうにとりとめもなし

会はざりし海彦山彦のきやうだいの名など思へり風すさぶ夜は

徒歩十分

茹でたまごの薄皮つるんと剝けたよと長雨あがる九月の朝に

もり漕ぎの高校生らに抜かされて遅刻せぬ身は取り残さるる

収集車の後ろを走ればこんなにも人類は出すざわざわとゴミ

おほかたは為さずゆきたり各々の一世の答へ合はせといふを

偶さかに人と出会ひて偶さかの無くて出会へぬ人思ひ出づ

山茶花のつぼみほころぶ小春日に徒歩十分が遠き道程《みちのり》

釦

雀らは羽に冬陽をしかと抱き毬となりては電線に乗る

つる薔薇の枝をきつぱり剪りとりぬ冬空の下わが拘りも

階段を下りれば電車滑りきて扉を開けぬ待ちゐるやうに

早く着くやうな気がして立ちゐたり己れを映す地下鉄の窓

エスカレータ上る三人《みたり》を待ちをればまづ見えてくる息子の帽子

われよりも頭ひとつぶん高き子を見上げて歪む遠近両用眼鏡《ゐんきんりやうようめがね》

天井までガラス嵌め込むロビーにはきららかなこゑ踊つてゐるも

幼子を真ん中にして手を繋ぎ三人は去りぬ雪降る前に

掛け違ふ釦どうしてはづさうか雪の降りそむる踏切に立つ

警報音が赤い点滅とずれてゆき次の電車がまた来てしまふ

執拗にハッピーを探しさんざめくこの街に今雪降りさかる

南天

フクヤマ似の美容師の指ほそながく鏡の中に左利きなる

髪染めを待つ間に出さるる珈琲の湯気は体温もちて揺らげり

さまざまを頭にまとひ身動きもできず鏡に囚はれてをり

歯のやうな形をしたる乳白のバロックパール耳にさげるも

いつだつて弱音を吐けぬわれならむ雪にかくれる南天の実や

今夜はみな「風」を歌つてゐるだらう師走にはしだのりひこは逝く

わたくしが髪を切つたか切らぬとか誰も思はず風が吹くだけ

飴ちゃん

うろ覚えの歌くちずさみ途中から「早春賦」となるベランダの風

雪多き冬をともどに過ごし来て春ひと息に狭庭を咲かす

ひとあしごと乙女のやうに春来ると思《も》ふに乙女は何処へ行きし

電車にて飴ちやん呉るるオバサンのやうに来たりぬ今年の春は

去年《こぞ》の秋もひと夜に過ぎし列島の「合服」いづれ死語となるらむ

ありふれた花言葉なる愛と美のあふるる庭が今濡れそぼつ

撮らるると知らず写れるスナップに眉根けはしきわれが俯く

出かける前たまさか開けし抽斗や片付けはじめてバスを逃しぬ

悩みぬき考へぬけば脳内にストライクゾーンは霞んでしまふ

たぶん昨夜《きぞ》このわたくしがしたのだらう空《から》になつてるゴミ箱の中

下校する一年生の静けさがやけに気になる卯月の午後の

ちやうどよき木陰をつくる公園にブランコ二つ俯くやうに

子どもらは粘土で造るものでなし西日が射貫く交差点に立つ

跋文　行き方探し

篠　弘

私は長らく出版社につとめたのち、はからずも名古屋の愛知淑徳大学に奉職した時代がある。文化創造学部が新設されて、そのスタートの時点で、初めて学部長を担ったことがある。期間は十年間に過ぎなかったが、教授を退いた後も、星が丘で開講していたエクステンションで、短歌の実作講座をつづけていた。この作者と会ったのは、その時期のことであり、おそらく作者が四十歳代の後半であったのではなかろうか。

この講座は、定員二十名で、レベルは中級以上であったと記憶する。作者の表現力は、当初から安心できたので、作者そのものから歌歴を聞いたりすることもなかった。家族をモチーフにした作品などを評したことを覚えている。この講座には、その常連として「まひる野」の主要同人の市川正子、曽我玲子らが参加していたことからして、良き相談相手を得て、「まひる野」に入会する契機となったのであろう。おのずからまた、若手層の多い名古屋支部の会合に加われたにちがいない。

ところが驚くべきことに、二〇一一(平23)年の第56回まひる野賞に、著者の「風の街」が受賞作となったのである。入会されてから三年で受賞されたのは珍しい。受賞作三〇首が、概ねこの歌集の巻頭に収められているので、著者の出発点が家族詠であることを容易に知ることができる。

歩く人の少なくなりてきし家内《やぬち》ほこりも隅にひつそりと在る
カレンダーの白く空けるは子供らが別の時間を生きゐる証し
てのひらより大きくなれるみどりがめ水槽の内よりずつと見てゐし
木々倒しショッピングモール建ちたれば夕焼けに鴉きらきらつどふ
思ふやうにならぬ吾子らを思ふとき目に入る睫毛ちくちくとする
夕刊の「あすのあなた」をチェックして五十路をとめと笑はれてをり
壁越しに娘のハミング聴きながら眠りてゆかな胎児のやうに
生《あ》れてより初めてひとりになりし子はごつんごつんと暮らしてゐるや

著者の略歴から、一九五五年の愛知県生まれで、当時五六歳であったことを知る。

右に引いた作品の多くは、一家の主婦として、家族の変遷をひたすら見つめ返したものである。母としての観察力にもゆきとどいたものがあり、堅実な作風が認められたのである。ちなみに一首目から、過去から流れる家庭の微妙な変化に目が向けられる。室内が埃っぽくならなくなったことに気づく。二首目は、カレンダーへの書き込みが減り、子どもたちが自立して生きてくるようになった違和感を味わう。取り残された空白感としないところが、この作者らしい。三首目のミドリガメは、息子の成長ぶりを自分以上に如実に見守りつづけたと感じ取る。四首目は、作者の住む名古屋はショッピングモールが多彩で、公園をともなう所もあるなど、時代の恩恵に浴しているが、あまりの変化にたじたじとなっている。

さらに五首目に触れておこう。この上句は、子どもたちの求めるようにはいかない、酷薄な社会状況を嘆いているのであろう。抜けた睫毛の痛みが気に障る。この身体感覚は鋭い。六首目は新聞の占い欄の愛好者で、娘から茶化されるユーモラスな歌で「五十路をとめ」を自嘲する。更に七首目は、自分には曲名の分からない娘のハミングを耳にしながら、良い気分になっていく素直な自分を知る。また八首目は、親もとを離れて一本立ちした息子を気遣うもので、〈ごつんごつん〉というオノマトペの表現が魅力的。何とか不器用ながら意気込んでいることを期待する。

受賞作から、印象に残った数首を再読したが、いま読み直しても人間味が溢れ、子育てを終えた主婦の心情がゆたかに抉り出されている。作歌の出発点が、単に生きる哀歓にとどまらないで、気力を尽くしてきた若い時代からの時間が、どの歌にも熱っぽく裏打ちされてきた。子育ての日日そのものは終わったかもしれないが、人生に付随しがちな日常的な倦怠感とのあらがいが始まっていた。

跋文として、巻頭の「風の街」の魅力に言及し、すでに子育ての日程が終わったことを明らかにしたが、「五十路をとめ」の著者の子育ては終わらなかった。歌集の全域にわたって、他者の子育てを支援するという作業を、女性の内側から詠むものとなっていく。そのことによって、この歌集が単なる家族詠に終始しないものとなり、時代に即した深さを湛えたものとなる。
著者が思い立ったものは「子育てサポート」であった。比較的早く登場してくる「彩ちゃん」の連作が、それである。詞書として「働くお母さんを支援するボランティア〈子育てサポート〉に登録」と添え書きされた「彩ちゃん」の六首が、その最初である。

母を追ひ泣きじやくつてゐる彩ちゃんを胸に抱けば日向のにほひす
エプロンに彩ちゃんの涙が丸く染むわが乳の奥の痛み懐かし
あやしてもあやしても彩ちゃん泣きやまぬ他人様《よそさま》の子には開き直れず
母とともに掌ぎこちなく振りて覚えたてなる「バイバイ」してる

ようやく念願の役割をになった歓びが溢れる。泣くのをもて余しながらも、寝かせてしまう勘所も、いつしかよみがえってくる。

ここでは「抱つこ布」四首から引く。

矢継ぎ早に問ひかけてくる母親のミニスカートからほそき腿見ゆ

目の下に隈のしるけし抱つこ布《スリング》には赤子くちあけぐつすり眠る

「そうなんだね」「大変だね」と相づちを打ちつづけゐるボランティアわれ

幼子はたちまち大きくなるんだよ過ぎてしまつてやうやくに知る

ボランティアは、朝七時頃から夕方の七時頃かと思っていたが、女性の長話は想像がつく。著者はもっぱら相づちを打つほうかもしれない。二首目の目のふちの隈は、若い母親のものにちがいない。

「恐れ」と題した十一首の後半、じつは実の孫をあずかることになったようだ。その事情は分からないが、夫妻が協力している珍しい作品である。

「まさかの坂」ほんたうにあり嬰児《みどりご》を野分けの荒ぶ日より預かる
母でなきわれに抱かれこれの児やごくごくごくとミルクを飲みぬ
みどり児は大きげつぷをひとつ吐きわが左肩そろそろきしむ
還暦の夫の歌ふ子守歌「オー・ソレ・ミオ」は小節《こぶし》を効かす
布団からとび出してゐるみどり児の朝方に浮かぶ手のつめたさや

すっかり乳幼児の扱い方も円滑であることがうかがわれる。夫が子守歌として、ナポリ民謡を唱う場面も愉しい。みどり児が布団をはねのける姿も、すっかり夫妻になじんだ証となっている。

素材となったボランティアも多彩であって、小学校の授業における「お正月遊び」も、巧みに詠みこなされる。「ゐ」と題した六首の一連で、「いろはカルタ」をきそいあう。

「カルタの先生しばたさん」の札をさげ体育館の底冷えに立つ

いろはカルタの「い」と「ゐ」の違ひ教ふるに疑問符はしる子らの額に
白き息吐きながらカルタへのめり込み子どもらは皆ジャンパーを脱ぐ
お手つきをしたとみづから手を挙ぐる口もと締まるこの一年生

広い体育館から、にぎやかな歓声と叫声が聴こえてくるかのようである。いろはカルタによって、日本人の人情や生活習慣を知り、また、ことばを学ぶ生徒たちと、著者は紛れもなく一体となった貴重な時間である。

一言でボランティアと称しても多様であり、すくなからぬ労苦をともなってきたにちがいない。奉仕する事実の紹介に拘泥したために、私はその活動を支えた日常における哀歓の作品を見落としてきたように思われる。熟読くださる方々によって、さらに著者の意図した境地を見出していただきたい。

歌集『母なる時間』という表題を提案したが、家族詠の域を超えた特色ある歌集として、適切な評言が著者に寄せられることを期待してやまない。

あとがき

十年以上前、三人の子供たちがそれぞれ自分の場を見つけて巣立っていく中、私は取り残され靄の中にいるような日々を送っていました。様々なボランティア活動に参加してみたり、習い事をしてみたりもしましたが、漠然とした心もとなさを常に感じていました。その頃は新聞を限なく読むのが日課でしたが、ことに篠弘先生の短歌についての連載をいつも楽しみにしていました。

その連載にある時、安立スハルさんの「自動扉と思ひてしづかに待つ我を押しのけし人が手もて開きつ」の歌が紹介されました。全く普通の日常の歌。それなのに深く心に沁みる。なぜこの歌がその時の私に強く響いたのかを説明するのは難しいです。が、この歌を取り上げられた篠先生の講義を是非ともお聞きしたいと思いました。思い切って愛知淑徳大学夏季集中講座の篠先生の講義を申込み、続いて大学のエクステンション講座で篠先生に学び、自然に「まひる野」に入会、今に至ります。

篠先生によって、ぼんやりした独りよがりな歌に息吹が与えられ、歌の場面とその思いが活きてくるのを何度も目の当たりにし、歌とはなんと面白く奥が深いものかと感じました。それまで「読む」だけだった歌を自分が「詠み」、日常の些細な出来事や自分の内面を表現するのが私の喜びとなり、糧ともなりました。辛いときも嬉しいときも、常に歌が傍らにあり、歌と出会えたことに感謝しています。

「まひる野」に入会して十年となるのを節目に歌集を上梓したいと考え、十年分の「まひる野」誌の作品とNHK全国短歌大会で入選した作品などから四五四首を選びました。自分の歌を読み返して余りの拙さに愕然としますが、歌集にまとめていく中で再び自分と向き合うことができました。十年一日と言いますが、その時々の自分の内面が怖くなるくらい赤裸々になり、歌は人生そのものなのだと再確認した日々でした。

篠弘先生にはお忙しく、またお身体の具合がすぐれない中、丁寧に添削・ご指導をして下さった上に題名まで考えて頂きました。その上、素晴らしい跋文を頂き、どれだけ感謝してもしきれません。

島田修三先生をはじめとする名古屋歌会の皆様にも感謝申し上げます。いつも的を射た、明日へと続く歌評をありがとうございます。皆様のお話をうかがうのは、とても刺激になり励みとなっています。

また、初めての歌集の上梓に当たり、右も左も分からない私に適切な助言をして下さった砂子屋書房の田村雅之様、髙橋典子様、素敵な装丁をして下さった倉本修様にも深く感謝いたします。

最後になりましたが、歌集の原稿を初めて砂子屋書房さんに送るための準備をしていたその日、橋本喜典先生の訃報をお聞きしました。「まひる野賞」の授賞をお電話で伝えて下さった先生のお声が忘れられません。先生は「これからも励んでください」とあたたかく穏やかな声で言われました。先生に歌集をお見せできなかったことがとても残念です。謹んでご冥福をお祈りいたします。

令和元年七月

柴田仁美

まひる野叢書第三六三篇

歌集　母なる時間

二〇一九年八月五日初版発行

著　者　柴田仁美
愛知県名古屋市緑区小坂二―一二一七（〒四五八―〇〇二二）

発行者　田村雅之

発行所　砂子屋書房
東京都千代田区内神田三―四―七（〒一〇一―〇〇四七）
電話　〇三―三二五六―四七〇八　振替　〇〇一三〇―二―九七六三一
URL　http://www.sunagoya.com

組　版　はあどわあく

印　刷　長野印刷商工株式会社

製　本　渋谷文泉閣